Direction générale : Gauthier Auzou
Direction éditoriale : Laura Lévy
Édition : Marine Courvoisier, Maurane Chevalier
Responsable studio graphique : Sabrina Regoui
Mise en pages : Lucie Barrière
Responsable fabrication : Éric Peyronnet
Fabrication : Salima Hragui
Relecture : Lise Cornacchia

Simon
a une nouvelle maîtresse

Texte de Sophie de Mullenheim
Illustrations de Romain Guyard

AUZOU

Simon est très excité : aujourd'hui, c'est le premier jour d'école de sa nouvelle maîtresse. Il paraît qu'elle s'appelle madame Camomille. Simon espère qu'elle sera très gentille et très jolie aussi.
Pour l'occasion, le petit raton s'est fait beau car il veut faire bonne impression.

Sur le chemin de l'école, Simon retrouve ses amis. Ben a mis un nœud papillon de son papa. Feuille a préparé un sachet de noisettes au caramel pour l'offrir à la maîtresse et Oscar lui a écrit un poème.

Notre ancien maître déménage.
Quel dommage!
Mais soyez la bienvenue
Vous ne serez pas déçue.
Nous serons sages
comme des images.
Nous serons comme votre famille,
madame Camomille!

5

Une fois à l'école, c'est la déception : une vieille chouette avec de grosses lunettes entre dans la classe.
« Bonjour les enfants, je suis madame Camomille, votre nouvelle maîtresse.»

Catastrophe ! Simon pique du nez, déçu, Feuille cache son paquet de noisettes, Ben arrache son nœud papillon et Oscar froisse son joli poème au fond de sa poche.

L'automne   L'hiver   Le printemps

« J'ai besoin de vous connaître, dit la maîtresse. Chacun de
vous va se dessiner et écrire son prénom sous son portrait.
Peinture, feutres, crayons de couleur, pastels... Choisissez !
Vous êtes les artistes. »

8

Simon bougonne. Il n'a pas envie de dessiner, et encore moins de se dessiner lui-même. Il attrape un crayon et barbouille sa feuille.

Quand madame Camomille ramasse le portrait de Simon, elle semble surprise mais ne dit rien. Simon se tourne vers Ben et lui chuchote fièrement :
« J'ai fait n'importe quoi, juste pour l'embêter. »

Mais Simon n'est pas fier de lui très longtemps, car la maîtresse montre les portraits à toute la classe. Pire encore, elle les affiche au mur. Tout le monde va se moquer de lui...

Quand arrive le portrait de Simon en effet, les élèves
gloussent.

« On dirait un dessin de bébé ! » lance quelqu'un.
Toute la classe rit. Même Ben, Oscar et Feuille ont du mal
à rester sérieux. Simon est rouge de honte.

« Moi, je trouve ce dessin intéressant », dit alors madame
Camomille.

Les élèves, stupéfaits, s'arrêtent aussitôt de rigoler.

« Ce dessin me fait penser à de l'art moderne.

– De l'art moderne ? » s'étonne Joséphine, la petite biche.

Madame Camomille leur montre des portraits où les têtes sont étranges, un peu carrées ou déformées, et de toutes les couleurs.

« Voici quelques tableaux de peintres modernes, explique madame Camomille. Ils sont extrêmement connus.

— C'est vrai que ça ressemble un peu au dessin de Simon », remarque Joséphine.

Le petit raton laveur se redresse un peu. La classe ne se moque plus de lui.

« Après l'art, place au sport ! » propose madame Camomille
avec malice. Ben pouffe :
« La maîtresse est bien trop vieille pour faire du sport ! »